Herzsprung Verlag

Impressum:

Besuchen Sie uns im Internet:
www.herzsprung-verlag.de

Mühlstr. 10, 88085 Langenargen
info@herzsprung-verlag.de

Lektorat: CAT creativ - www.cat-creativ.at

Cover: © Elena Schweitzer - Adobe Stock lizenziert

Gedruckt in Polen / Bookpress

ISBN: 978-3-98627-014-8 - Taschenbuch
ISBN: 978-3-98627-015-5 - E-Book

Ein kleines Herzchen namens Eri

Erzählungen und Gedichte

Dieter Troll

Herzsprung-Verlag

Inhalt

Ein kleines Herzchen namens Eri

Vor vielen, vielen Jahren wurde ein Herzchen geboren, das den Namen Eri erhielt. Es war klein und kräftig, wurde von allen Seiten begutachtet, geprüft, gemessen und schließlich für gut befunden. Von Anfang an war es sich seiner sehr wichtigen Aufgabe bewusst. Um es herum musste vieles funktionieren, damit es selbst leben und wachsen konnte. Es pochte und klopfte immer im gleichen Rhythmus lustig vor sich hin und erfreute sich an jedem neuen Tag. Seine Erwartungen waren groß, was wohl das bevorstehende Leben mit sich bringen würde.

Es verging eine längere Zeit, in der Eri ganz ruhig und ausgeglichen, in einem harmonischen Einklang mit dem Ganzen, ohne besondere Vorkommnisse lebte. Sie wurde größer und kräftiger und war für ihre wichtige Aufgabe immer besser gerüstet.

Eines Tages dachte sie bei sich: „Es ist genug. Ich will noch mehr tun, als immer nur pochen und klopfen."

Da meldete sich von weit oben eine sanfte Stimme und Eri hörte aufmerksam zu. „Liebe kleine Eri, ich bin der König aus dem Reich der Gedanken. Wie ich sehen kann, bist du nun groß genug, um alle verantwortungsvollen Aufgaben in deinem weiteren Leben zu erfüllen. Darum werde ich dir aus meinem Gedankenreich königliche Diener schicken, die ich Gefühle nenne, die meinen Befehlen gehorchen und dich führen und begleiten werden. Jeder meiner Diener hat einen Namen, den du dir gut merken musst. Aber es liegt ausschließlich in meiner Macht, für alles das, was um dich herum geschieht, diese Diener zu deinem Wohle einzusetzen. Vergiss nie, nur durch mich werden sich deine Wünsche erfüllen. Vergiss auch nie, mich, den König, zu fragen, was du in deinem zukünftigen Leben möchtest, denn für deine Wünsche werden dir die Diener dein ganzes Leben lang hilfreich zur Seite stehen. Deine große Aufgabe wird es sein, viel zu lernen, um eine hohe Bildung zu erreichen. Und meine Diener werden deine Lehrer sein. Es werden dir viele Herzen auf deinem langen Weg begegnen, mit denen du eine Verbindung eingehst, wenn ich es wünsche. Achte darauf, dass der Weg zu dir immer frei und offen bleibt. Ich werde dir nun meine Diener schicken. Sie sollen für immer und ewig deine Helfer sein." So sprach der König der Gedanken – und schon erschienen die Diener und begannen, sich bei Eri vorzustellen.

„Ich bin die Liebe", sagte eine zarte, leise Stimme. „Und als Zeichen meiner Schönheit bringe ich dir eine Rose mit. Ich habe den Wunsch, immer bei dir zu sein, damit ich dich in deinem ganzen Leben erfüllen kann."

In strahlendem Glanz kam die Freude. Sie war so fröhlich und lachte, und mit freudiger Stimme sagte sie: „Wenn du mich bei dir einlässt, so wird es dir dein ganzes Leben gut gehen. Alles, was du tust, werde ich dir erleichtern."

Gleich darauf stellte sich in hellen Farben das Glück ein. „Ich bin das Licht, damit du deinen Weg leichter finden kannst. Ich will bei dir sein, wenn es dir gut geht."

Auf ganz leisen Sohlen und beide Hände weit geöffnet stand nun die Zuneigung vor Eri. „Wer bist du, dass du so offen zu mir kommst?", fragte Eri.

Und die Zuneigung erwiderte: „Ich werde dir in deinem Leben viele Brücken bauen. Gehe über diese Brücken, damit du den Weg zu den anderen Herzen findest."

Ganz gebeugt und etwas müde kam nun die Demut. „Ich werde für Ausgeglichenheit in deinem Leben sorgen, damit du deine Aufgaben und den großen König der Gedanken nicht vergisst."

„Du sollst nicht alleine sein!" rief sodann die Zugehörigkeit. „Ich will, dass du dich mit den anderen Herzen verstehst, ihr euch gegenseitig helft und eine große Gemeinschaft bildet."

„Ich bin die Enttäuschung", sagte eine etwas traurige Stimme. „Wenn ich bei dir bin, weißt du, dass sich die Liebe und Freude zurückgezogen haben, weil sie keinen Platz mehr bei dir finden konnten."

Da wurde Eri ganz traurig, aber sogleich ertönte aus dem Hintergrund: „Ich kann dir helfen, denn ich bin die Trauer, um dir beizustehen, wenn meine Freunde, die Liebe, Freude und das Glück nicht zu dir können oder dich für einige Zeit vergessen haben."

Eri nahm all ihre Kräfte zusammen, denn die Aufgaben, die sie in ihrem Leben zu erfüllen hatte, schienen ihr doch sehr groß. Und noch standen einige Diener vor der Tür.

Nun erschien ein Geselle mit dunklem und grimmigem Gesicht. „Warum sprichst du nicht?", wollte Eri wissen.

Er drehte sich mehrmals um und schaute noch grimmiger als zuvor. Eris Gefühl verriet ihr, dass es nur die Angst sein konnte, die da vor ihr stand.

„Wenn ich bei dir eingekehrt bin, dann nur, weil ich dich auf große Gefahren hinweisen und dich zu deiner Sicherheit ausreichend schützen will", so sprach die Angst zu ihr.

Nun hatte sich der letzte Diener angekündigt. Mit Gepolter und lautem Geschrei kam eine finstere Gestalt mit einem großen Säbel bewaffnet auf Eri zu. Sie wollte schon die Angst um Hilfe rufen, da hob dieser seltsame Helfer zu sprechen an: „Ich bin der Hass. Wenn du mich rufst, werde ich mit meinen Waffen alles zerstören. Nimm dich in Acht, denn ich kann nur schwer meine Grenzen finden und so auch dich treffen."

Gut gerüstet mit den vielen königlichen Dienern um sich herum sah Eri auf ihre große Lebensaufgabe mit Gelassenheit. Sie war gewachsen und hatte viel Kraft gesammelt, um das lebenswichtige Pochen und Klopfen sorgfältig zu erfüllen.

So kam es, dass Eri eines Tages wohlige Wärme spürte und plötzlich von zwei großen Herzen umgeben war. Sie erkannte in ihnen Silke, das Mutterherz, und Tobias, das Vaterherz. Geschwind standen Eris Diener, wie versprochen, hilfsbereit an ihrer Seite. Die Freude kam und das Glück folgte hinterher. Die Zugehörigkeit eilte herbei und baute zu den Elternherzen die vorhergesagten Brücken, sodass Glück und Freude von Herz zu Herz fließen konnten.

Nach diesem ersten großen Erlebnis stellte sich bei Eri die Liebe ein und erfüllte sie ganz und gar. Und sie spürte, dass auch in den beiden Elternherzen die Liebe geblieben war. „Ja, das sind sie wohl, die königlichen Diener, die mir Kraft für mein Leben und eine hohe Bildung geben", dachte Eri bei sich. Und sie wuchs heran in diesem festen Glauben und vergaß ihr Pochen und Klopfen nicht und entwickelte sich prächtig zwischen ihren beiden Elternherzen.

Immer wenn Eri abends müde war, kamen Silke und Tobias, brachten ihre guten Diener mit, erzählten ganz liebe Geschichten, lachten und sangen und verbündeten sich mit dem Gefühl der Liebe und Zugehörigkeit mit Eri.

Das Leben war voller Freude. Jeden Tag gab es etwas Neues zu entdecken. Und wenn es nicht so ging, wie Eri es sich vorstellte, schickte der König der Gedanken auch mal seinen Helfer Enttäuschung vorbei, der aber meistens schnell wieder gehen konnte. Mit viel Schwung, Elan und großer Neugierde lernte Eri die Dinge dieser Welt kennen. Und immer waren Silke und Tobias bei ihr, ermutigten sie liebevoll und gaben reichlich Unterstützung.

Als Eri wieder einmal auf Entdeckungsreise war, es aber nicht so recht gelingen wollte und sie sich hilfesuchend umschaute, sah sie ein zärtliches, liebevolles Lächeln.

„Du schaffst das schon!", war die Botschaft, die von ihren Elternherzen kam. Und so war es dann auch.

Ab und zu hörte Eri, wie sich Silke und Tobias mit anderen Herzen unterhielten. „Eri, unser liebes Herzchen, ist der Mittelpunkt unseres Lebens. Sie macht uns so viel Freude. Wir haben sie sehr, sehr lieb."

Da kam nun ein ganz neuer Diener mit den Worten: „So, wie du bist, bist du gut genug!"

„Dich kenne ich nicht", sagte Eri verwundert.

Sogleich meldete sich der König der Gedanken und sprach: „Das ist kein königlicher Diener. Das, liebe Eri, soll von nun an der Maßstab deines Lebens sein. Vergleiche es mit einer Wurzel, die ein Bäumchen hervorbringen soll. Immer wenn du an diese

Worte denkst, wird die Wurzel Nahrung finden. So wird dann ein Baum entstehen, der all die schönen Früchte deines Lebens hervorbringt, die dir die guten Diener vermitteln und an dem deine fortschreitende Bildung zu erkennen ist. Vergiss nie, die Wurzeln deines Bäumchens zu hegen und zu pflegen! Denn sonst wird dieses Bäumchen verkümmern und du kannst die Früchte deines Lebens niemals ernten."

Eri befolgte die Worte des Königs der Gedanken. Sie war mit ihren Elternherzen stets verbunden, zudem sehr selbstbewusst und aufgeschlossen und fühlte sich rundum verstanden und angenommen. Eri hatte ihren Platz im Leben gefunden, ihre Bildung entwickelte sich stetig, sodass ein zartes Strahlen an ihr zu erkennen war. So vergingen viele Monate und Jahre voller Glück und Freude.

Eines Tages, Eri war allein zu Hause, kamen einige große Herzen. Eri kannte sie nicht und rief den Diener Angst zu Hilfe. Die großen Herzen nahmen Eri einfach mit in ein altes Haus. Sie landete in einem Raum, wo viele kleine Herzen waren.

„Was ist geschehen?", wollte Eri wissen. Im Hintergrund konnte sie Stimmen hören, die von Unglück, Auto, Verletzungen und Tod sprachen. Der Diener Angst umklammerte Eri ganz fest, dass sie kaum mehr pochen und klopfen konnte.

„Ich möchte zu meinen Elternherzen! Wo sind sie? Warum sind sie nicht hier? Wann werden sie kommen und mich mitnehmen?", weinte Eri.

Ein großes Herz antwortete: „Von nun an musst du ein anderes Leben führen. Deine Eltern sind in eine ferne, geistige Welt eingetreten, wohin du ihnen nicht folgen kannst."

Alles Bitten und Flehen, die geliebten Eltern zurückzuholen, half nichts, und so flossen viele Tränen über Eri. Und zu der Angst kam mit einem großen Mantel die Trauer, die Eri einhüllte. Sie wurde ganz klein, zog sich zusammen, das Pochen und Klopfen wurde noch schwerer, bis Eri eingeschlafen war.

Am nächsten Tag wurde sie vielen großen Herzen vorgestellt. „Das ist die Neue", hieß es. „Sie wird fortan bei uns sein. Zeigt ihr, was sie bei uns zu tun und zu lassen hat, und macht sie auch mit den Strafen vertraut."

Eri, erfüllt von Angst und Trauer und ohne die Helfer Zugehörigkeit und Freude, fügte sich nur schwer und erst nach langer Zeit in diese Gemeinschaft ein. Langsam versuchte sie, wieder auf Entdeckungsreise zu gehen, um in ihrer Bildung voranzukommen. Aber jedes Mal wurde sie zurückgestoßen, ermahnt und beschimpft, sodass sich Eri sehr bald ganz zurückzog und das Vertrauen in ihre Fähigkeiten verloren ging.

Nachts, wenn sie alleine war und niemand sie hören konnte, sprach sie mit Silke und Tobias, öffnete sich für sie, empfand die große Zuneigung erneut und weinte sich schließlich in den Schlaf. Dies wiederholte sich Nacht für Nacht, so blieb Eri über den Diener Liebe mit ihren Elternherzen verbunden.

Am Tage war nie ein zärtliches Lächeln oder wohlige Wärme zu spüren. „Du bist nichts Besonderes", sagte ein großes Herz. „Wenn du nicht das tust, was ich will, werde ich meinen Diener Hass zu Hilfe rufen. Und du weißt, dass er vieles zerstören kann."

Auch die Diener der Zuneigung und der Freude blieben aus. Stattdessen hatte die Entmutigung Eri nun ganz umschlungen und mit ihr waren die Angst und Trauer und die Enttäuschung ihre ständigen Begleiter.

Es vergingen viele Jahre und als Eri groß geworden war, dachte sie: „Ich muss mich aufmachen, um die Herzen der Welt kennenzulernen." So begab sie sich auf die Reise und begegnete vielen Herzen. Doch die meisten hatten ihre Diener der Liebe und der Freude vergessen, sodass auch bei ihnen die Enttäuschung eingezogen war und nicht mehr gehen wollte.

„Ich will mir ein Herz suchen und all meine treuen und guten Diener einsetzen." Denn Eri hatte ja erfahren, dass zwei Herzen, so wie ihre Elternherzen, zusammenschmelzen konnten, sodass die guten Diener der Freude und des Glücks und schließlich auch der Liebe stets anwesend sind. Und tatsächlich, ein Herz wurde ihr anvertraut. Doch sehr bald erkannte sie, dass sie selbst ringsherum verschlossen war und dass das ihr anvertraute Herz auch keinen Zugang hatte. Sie hatte die Warnung des Königs der Gedanken vergessen und die Wurzeln ihres Bäumchens nicht gepflegt. „Du bist …" Ihre Gefühle ließen sich nicht lenken und trieben ein buntes Spiel mit ihr.

Da rief der König der Gedanken: „Geh und finde jemanden, der dir hilft und deine Schale öffnen kann!"

An einem stillen Ort, in einem schönen Haus, waren zwei gute Herzen, die die Sorgen von Eri kannten. Sie hatten es sich zur Aufgabe gemacht, verschlossenen, verlorenen und suchenden Herzen zu helfen, damit wieder Freude und Glück in sie gelangte. Eri arbeitete lange Zeit an ihrer Bildung und an alldem, was vergessen und verloren schien. Schließlich konnte sie ihre harte Schale wieder öffnen und viel Licht und den Duft der Rosen in sich aufnehmen.

Und endlich war es dann so weit. Der König der Gedanken rief seine Diener zur Ordnung, sodass bei Eri die Gefühle der Angst und Enttäuschung ganz klein wurden und endlich verschwanden. Die ersehnte Liebe und Freude und das Glück wagten sich aus ihren Schlupfwinkeln und Eri begann in liebevoller Weise, wieder geistige Verbindung zu ihren Elternherzen aufzunehmen. Und so kamen die vor vielen Jahren schon verspürten guten Gefühle zurück, um Eri ganz zu erfüllen. Sie erinnerte sich an die ermutigenden Worte: „So, wie du bist, bist du gut genug." Und so hegte und pflegte Eri die Wurzeln aufs Neue mit Sorgfalt, sodass das schöne Bäumchen weiter wachsen konnte. Eri brachte nun allen, die ihr begegneten, ihre guten Gefühle entgegen. Sie strahlte zu den Herzen dieser Welt, wie es für sie bestimmt war.

Eines Tages erblickte sie ein Herz, das sie sehr neugierig machte. Sie bat sofort ihre guten Diener heran, um Zuneigung und Freude so ganz im Stillen diesem anderen Herz zuzusenden.

„Ich will es noch mal versuchen", dachte Eri und wünschte sich so sehr, mit diesem Herzen Verbindung aufzunehmen. Das andere Herz war durch das Strahlen auf Eri aufmerksam geworden, und so fanden sie sich und konnten die Gefühle der Freude und des Glücks in ihren offenen Herzen hin und her fließen lassen. Es war in einer Zeit, als viele Blumen blühten und ihre Stängel neugierig nach den beiden ausstreckten. Die Rose der Liebe öffnete für die beiden Herzen ihre zarten Blätter und zeigte ihre ganze Schönheit für ein glückliches und langes Leben.

Dieses Märchen endet so, wie alle Märchen enden: Und wenn sie nicht gestorben sind, dann leben sie noch heute.

Nun, lieber Leser, bestimmt wirst auch du in deinem Herzen viele gute königliche Diener finden. Lasse sie strahlen für dich und die Menschen, die dir begegnen.

Das defekte Handy

Eine der großartigen Erfindungen unserer Zeit sind Handys, also diese Geräte, die man überall mit sich herumtragen kann, denen man alles anvertrauen kann, was einen bewegt, und die es dann auch noch dem richtigen Ansprechpartner mitteilen, egal, wo der sich gerade aufhält. Voraussetzung ist nur, dass er auch über ein Handy und eine ihm eigene Nummer verfügt, sodass die Nachricht genau dorthin gerichtet werden kann.

So sollte es auch sein, als der Absender unserer kleinen Geschichte den Satz *Ich mag dich!* auf die Reise schickte.

Aber auch die besten Geräte sind nicht ganz sicher vor den Tücken der Technik. Der Absender merkte nicht, dass, außer zu der angepeilten Nummer, ein weiterer Strahl mit dem gleichen Satz auf die Reise ging. Der hatte allerdings eine sehr weite Reise vor sich! Nirgends fand er einen auf ihn ausgerichteten Empfänger, der bereit war, ihn einzufangen. So flog und flog er, bis er schließlich im Weltall mit einem kleinen Stern zusammentraf. Der Stern vernahm die Nachricht gern. Weil seine Anziehungskraft aber gar zu heftig war für den *Ich mag dich*-Nachrichtenstrahl, prallte dieser auf und zersprang in viele Millionen ganz feine und ganz, ganz leise gewordene *Ich mag dich*-Splitterchen. Sie zerstoben in alle Richtungen und sehr viele rieselten auch auf die Erde zurück.

Etliche landeten zum Beispiel in einer Großstadt, wo auf dem Marktplatz gerade ein reges Handelsleben herrschte. Für eine Weile stockte da plötzlich der Handel. Die Menschen schauten sich irritiert um. Dann blickten sie sich zaghaft lächelnd gegenseitig an.

„Habe ich mich verhört oder kann es denn sein, was ich da eben vernommen habe?“, dachten sie. Und weil alle plötzlich lächelten, wurden sie sicherer und aufgeschlossener und bald unterhielten sie sich nicht nur über Warenqualitäten und -preise.

Und jeder, der nach Hause ging, nahm nicht nur einen vollen Einkaufskorb mit, sondern in seinem Herzen und in seinen Gedanken diesen Satz *Ich mag dich*, der ihm selbst immer wieder ein Lächeln auf sein Gesicht zauberte. Und mit jedem Lächeln gab er die Botschaft an seine Mitmenschen weiter.

So kam sie irgendwann auch wieder beim Absender an. Und weil es so viele Millionen Splitterchen waren, fliegen immer noch sehr viele durch die Luft. Vielleicht trifft dich auch eins, vielleicht gerade jetzt! Glaub es ruhig, auch wenn du es erst nur ganz zart und fein vernimmst!

Und wenn du durch deinen Alltag gehst, achte mal darauf, wenn die Menschen plötzlich lächeln. Dann kannst du zurücklächeln und denken: „Ja, mir geht es ebenso."

Blitzlicht des Lebens

Wirst du geboren, wächst gut und schnell heran
Bist du klein, schwach, nichts geht so recht voran

nein
stark musst du sein

Wenn dich dann endlich deine Füße tragen
Und so manches mal versagen,

nein
stark musst du sein

Schult man dich für das große Wissen ein
Und du nicht alles weißt allein

nein
stark musst du sein

Nun geht es an die Arbeit, Geld für's gute Leben
Wirst einmal müde, kannst nicht alles geben

nein
stark musst du sein

Du denkst jetzt kommt die Liebe und das Glück
Der andere nimmt, gibt nichts davon zurück

nein
stark musst du sein

Familie Grundbesitz, er hat's zu was gebracht
die vielen Sorgen, Ängste die das macht

nein
stark musst du sein

Nun denkst du nach, ich will kein Held mehr sein
Es fallen dir die schönen kleinen Dinge ein

nein
stark musst du sein

Nun bist du alt, der Jugend Kraft kommt nicht zurück
Jetzt sehnst du dich nach Ruhe, Frieden und auch Glück
Vielleicht nach Wärme, Liebe und Vertrauen
Und möchtest in den Himmel, dann zu Gott aufschauen
Die ganze Welt vor dir im Sonnenschein
Jetzt stellst du fest du bist allein

Ja ... ja mein Freund du hast vergessen
Zur rechten Zeit mal schwach zu sein

Der lebende Fernseher

Der älter gewordene Willi, der nahezu immer alleine zu Hause in seinen vier Wänden lebte, dem war der Fernseher zu einen Partner und stetigem Freund geworden, den er stets vor sich sah. Jeden Tag bis in die späte Nacht an vielen Stunden nahm Willi die angebotenen Programme schweigend in sich auf.

So kam es, dass sich Willi nach vielen Tagen und Wochen vor seinen Fernseher alleine und verlassen fühlte und sich letztendlich nicht mehr zugehörig zu der menschlichen Gemeinschaft der anderen fühlte. Er vergaß in seiner Einsamkeit immer öfter außerhalb seiner Wohnung die schönen Tage von der Nacht zu unterscheiden. Sein Leben gestaltete sich in Einsamkeit und verlief ohne Freude in all den schönen Tagen und Nächten, die an den Sommertagen geboten waren.

So erschien eines Tages, als Willi sehr traurig vor seinem Fernseher saß, auf dem Fernseher eine Gestalt, die lächelte und seine Hände ausstreckte, um Willi zu begrüßen. Sehr erstaunt ging Willi auf den Fernseher zu, reichte seinem überraschenden Besuch die Hand und war erfreut, nicht mehr alleine in seinem Wohnraum zu sein. Die Hand, die Willi begrüßte, bekam zudem ein freundliches Gesicht, lächelte, begrüßte Willi mit dem Wunsch, ein Gespräch zu beginnen. Willi erwachte aus seiner Einsamkeit, war überrascht und bereit, auf die angekündigten Worten zu hören.

„Lieber Willi, ich habe erkannt, dass du seit langer Zeit immer alleine und mit traurigen Augen mein Bildangebot betrachtest und schließlich den Mut verloren hast, mich auch gelegentlich abzuschalten, obwohl ich dir öfter auch Bilder und Geschichten vorführe, die langweilig sind und nicht deinen Wünschen entsprechen. Könnte ich dich nun anregen, deinen einsamen Ort zu verlassen? Der Schalter ist nicht weit von dir, diesen zu drücken und deinen Raum zu verlassen, ist leicht. Es werden dir dann sicherlich Menschen begegnen, die dich in Freundschaft kennenlernen möchten. Ein guter und erfreulicher Kontakt in der Gemeinschaft wird für dein weiteres Leben wichtig sein, um Zugehörigkeit zu erfahren, die dir dann ein Miteinander in Zufriedenheit und Glück bringen wird. Dein Beitrag zu der menschlichen Gemeinschaft ist wichtig für dich und für alle anderen, denen du begegnest. Wenn du mich gelegentlich einschaltest, werde ich dich begleiten und auch informieren und gelegentlich auch für Unterhaltung und Freude bei dir sorgen. Habe den Mut, zu erkennen, dass du so, wie du bist, gut bist und sicherlich einen guten Anteil für die Gemeinschaft leisten wirst. Es war mir eine Freude, dir zu begegnen. Hallo Willi, ich werde mich nun wieder auf mein Gebiet und meinen Auftrag der Information und Unterhaltung zurückziehen. Ich bin nur für Unterhaltung und für Information sowie für viele Neuigkeiten für dich geschaffen. Gehe deinen Weg, der auch ohne mich dich zur Freude und zur Zufriedenheit führen wird.

Dein Gebet

Suchst Du Gott, den Verborgenen
So bete und Du wirst das Verborgene berühren
Suchst Gott, den Erhabenen
So bete und Du wirst das Erhabenste verspüren
Suchst Du Gott, den Barmherzigen
So bete und Du wirst Barmherzigkeit erfahren
Suchst Du Erkenntnis bei Gott
So bete und Dein Blick wird sich erhellen
Sehnst Du Dich nach Gottes Liebe
So bete und die Liebe wird dein Herz erfüllen
Vertraue dem Gebet
Das immer und zu jeder Zeit für Dich bereit
Hast Du im Gebet dann Gott erkannt
So lege Dein Gebet in Gottes Hand
Das Gebet, die reiche Gabe ohne Geld
Für diese und die andere Welt
Lass Dein Gebet erklingen
Wie ein Lied und wie ein Windhauch sich verbreiten
So wird Dich Gott auf seinem Weg begleiten
Im Innern wirst Du zum Gebet
Nach Außen wird es dann erkannt
Ein Licht wird in Dir brennen
Entzündet hell von Gottes Hand
Vergisst Du Dein Gebet
und denkst jetzt lässt Dich Gott allein
so bete weiter, immer weiter, bete, sei gewiss
Du bleibst ein Edelstein
Das Geschenk von Gott nimm an,
bis an das Ende Deines Lebens
Denn Dein Gebet auf dieser Welt ist nie vergebens

Das Gebet, die Brücke in die andere Welt
Auf der Straße in die Ewigkeit
Beginnt für Dich ein neues Leben
Und Dein Gebet vor Gottes Herrlichkeit
Als Dein Gebet wirst Du von Gott erkannt
Führt Dich ganz nah in Gottes Hand
Dein Gebet, ewiglich es weiter geht
Bis es in Gottes Golden Buche steht

Der Spatz auf dem Dach

Es ergab sich, dass Elfriede in ihrem noch jungen Dasein zunehmend unzufrieden wurde und unglücklich. Von ihrer Familie, den Freunden und Bekannten fühlte sie sich nicht mehr beachtet und nicht mehr anerkannt in ihrer Art. Es war für sie schwierig geworden, freundschaftliche Kontakte aufzubauen. Sie sehnte sich so nach dem vertrauten herzlichen Miteinander von früher.

Immer öfter ging sie allein in den Garten, setzte sich in den Schatten unterm Apfelbaum und grübelte vor sich hin. Schon seit einiger Zeit war ihr auf der Dachspitze des Nachbarhauses ein Spatz aufgefallen.

Der Spatz Philip fühlte sich dort sehr wohl. Täglich saß er da, zwitscherte fröhlich und schaute weit in die Runde. Ihm fiel auf, dass Elfriede oft allein, traurig und sehr nachdenklich auf ihrem Stuhl unterm Apfelbaum saß. Je öfter Philip die traurige Elfriede sah, umso lauter zwitscherte er und so deutlich, dass Elfriede aufmerksam wurde und sich nicht mehr ganz so einsam und verlassen fühlen konnte. Sie spürte immer mehr, dass es Zeit war, ihre Probleme anzugehen und gute Lösungen dafür zu finden. Sie wollte auch wieder fröhlich sein wie der Spatz auf dem Dach. Was konnte sie nur dafür tun?

Als Erstes fiel ihr ein, leise mitzusingen, wenn Philip zwitscherte. Das war schön. Ein Lächeln huschte über ihr Gesicht. Das genügte aber noch nicht. So kam es, dass Elfriede sich vornahm, ihre Lebenssituation zu prüfen. Sie wollte Änderungen für ihre Lebensweise erkennen, die wieder ein gutes Miteinander möglich machen sollte. Sie dachte zurück an die Zeiten, als sie noch fröhlich gewesen war. Was war da anders gewesen? Was hatte sie da anders gemacht als jetzt?

Einige Situationen und Möglichkeiten fielen ihr ein und sie nahm sich vor, diese Möglichkeiten erneut einzusetzen, um Veränderung ihrer Lebensweise für ein gutes Miteinander zu erreichen.

Philip zwitscherte währenddessen immer öfter und fröhlicher von der Dachspitze herunter, um Elfriede bei der Lösung ihrer Probleme behilflich zu sein. Zu ihm hochzuschauen und seinem Zwitschern zu lauschen, war für Elfriede eine Möglichkeit der Entspannung. Ob er wohl da saß, um ihr auf seine Art bei der Lösung ihrer Probleme zu helfen?

Sehr aufmerksam schaute Philip an den folgenden Tagen in den Garten, um Elfriede mit fröhlichem Gesicht zu sehen. Und Elfriede kam immer wieder gern zum Gartenstuhl, um zu resümieren, was ihr neuerdings wieder gut gelang, da sie den Kontakt zu alten Freunden auffrischte, neue Freunde und Freundinnen fand und sich auch in ihrer Familie wieder wohl und zugehörig fühlte. Sie kam natürlich auch, um zu überlegen, was sie sonst noch verbessern könnte. Manchmal sangen Philip und sie gemeinsam.

Elfriede konnte jetzt aber auch wieder allein oder mit ihren Freunden singen. Schon der Gedanke stärkte ihr Selbstbewusstsein. Das hatte sie ganz allein geschafft! Oder hatte Philip mitgeholfen? Dass Philip in der nächsten Zeit öfter als sonst weg war, fiel ihr erst auf, wenn er wieder angeflogen kam, sich auf die Dachspitze setzte und in gewohnter Weise fröhliche Lieder zwitscherte. Elfriede summte gerne mit.

Mit der Zeit vergaßen beide die Probleme. Elfriede traf sich mit ihren Freundinnen und Freunden und Philip breitete seine Flügel aus und war glücklich, ein Spatz zu sein.

Du, ich liebe Dich

Du, ich liebe Dich
Du bist ein großes Glück für mich,
ein Edelstein, so groß und mächtig,
so rein, so klar und farbenprächtig.
Ein starker Kern mit heißer Glut,
mit viel Verstand und großem Mut.

Du, ich liebe Dich
Du bist eine Herausforderung für mich.
Du zeigst mir Wege, die faszinieren,
Du stellst mich vor Fragen, die tief mich berühren.
Deine Gedanken, so diffizil und klar,
stellen mir neue Wahrheiten dar.

Du, ich liebe Dich
Du bist ein Kuscheltier für mich.
Ob abgewetzter Teddybär,
ob Berggeist oder sonst noch wer,
bist immer Du und tust mir gut.
In Deinen Armen mich zu drehen,
mit offenen Augen Dich ganz zu sehen,
Deine Liebe anzunehmen,
und was ich kann, von mir zu geben,
das ist so schön, das macht mir Freude,
das ist mein größtes Ziel ab heute.

Du, ich liebe Dich
Deine Hände nehme ich als Halt für mich
und reiche Dir gern was ich kann von mir dafür
um Dich zu halten, Dich zu stützen,

Dir mit meiner Kraft zu nützen.
Ich glaub an dich und glaub an mich,
hab frohen Mut und Zuversicht
Und wenn wir ihn mit einbeziehen,
wird alles was wir tun, gelingen.

Lucia, die intelligente Ratte

Auf einen alten Bauernhof, auf dem Bauer Franz mit seinen Tieren lebte, gab es auch die Räumlichkeiten, sodass sich eine Rattenfamilie ansiedelte und ungestört in der Scheune unter den großen Haufen Stroh leben konnte.

Lucia, die junge Ratte, nutzte die Gegebenheit und Freiheit, täglich auf Wanderschaft zu gehen, um sich in den großen alten Gebäuden gut zurecht zu finden. Jeden Tag machte sich Lucia auf den Weg, die vielen großen und kleinen Tiere, die auf dem Hof lebten, zu besuchen, die vom Bauer Franz gepflegt und gut versorgt wurden. So konnte sich auch Lucia an mehreren Futterstellen aus dem reichlichen Angebot gut versorgen.

Im Stall der Kühe und deren Kälbchen entdeckte Lucia die Frau des Bauern Franz, die eifrig von der Kuh die Milch melkte. Auf dem weiteren Weg ging Lucia in den Stall der Pferde, die darauf warteten, auf das mit Gras bedeckte Feld gelassen zu werden, um das frische Grün zu genießen.

An den Ställen, in denen die Hasen mit ihren jungen Häschen auf Futter warteten, ging Lucia vorüber, um dann in den Hühnerstall zu gelangen, wo die Hühner gackerten und in ihren Nestern saßen, um Eier zu hinterlassen, die dann die Bauersfrau für ihre Backwaren benötigte.

Auch den Stall mit den kleinen, erst kürzlich geborenen Schweinchen besuchte Lucia und freute sich, diese sehr eifrig und bewegt zu erleben.

Zum ihrem großen Übel entdeckte Lucia auch den frei laufenden Hofhund, vor dem sie sich sehr schnell in Sicherheit brachte, da Bauer Franz auch bestrebt war, Lucia einzufangen, um sie dann von seinem Hof zu vertreiben.

Eilig ging Lucia in die Scheune zum Elternnest zurück. Zu ihrer Überraschung war eine Wanderratte zu Besuch angekommen, die von ihren Wanderwegen viele Erlebnisse erzählen konnte: „Es sind die Menschen, die uns beseitigen möchten und dafür gefährliche Mittel auslegen. Wir wandern jedoch ständig weiter, so wie es uns gefällt. In Freiheit können wir unter den Straßen geeignete Nahrung finden und uns oft mit unseren Freunden treffen. Es ist bekannt geworden, das unsere entfernten Verwandten von den Menschen gekauft werden, um uns dann in Käfigen in ihren Wohnungen umhergehen lassen. In größerer Anzahl sind unsere Verwandten auch in extra gebauten Käfigen gefangen und eingesperrt, um für medizinische Versuche herangenommen zu werden."

Lucia war sehr erstaunt, zu erfahren, wie ihre Verwandten auf vielen unterschiedlichen Gebieten benutzt und letztendlich sehr feindlich behandelt werden. Sie freute sich, bei ihren Eltern auf dem Bauernhof zu sein und dort ihre Freiheit genießen zu können.

Wenn Lucia weiterhin sehr vorsichtig täglich ihre Wege geht und sich von ihren Feinden nicht einfangen lässt, wird sie ein langes Leben genießen und sich freuen, eine Ratte zu sein.

Auf gleichem Boden stehen

Nimm meine Hand ich deine Hand
Verbinden das Gemeinschaftsband
Jetzt lass uns tanzen und mal seh'n
Vertrauen wird in uns entsteh'n
Lass uns mit Mut zum Tanzen gehen
Und freudig dann auf gleichem Boden steh'n

Steig von dem Sockel, sei nicht so groß
Fühl dich vertraut und nicht bedeutungslos
Sehr oft warst du der große Sieger
Lass in dein Herz die schönen Lieder
Ich möchte dir in die Augen seh'n
Und mit dir auf gleichem Boden steh'n

Du trägst dein Schild, schützt dich vor mir
Nimm es doch ab, ich will zu dir
Und denkst du stets an Sicherheit
Zum Tanzen brauchst du Leichtigkeit
Ich will offen, frei durchs Leben gehen
Und mit dir auf gleichem Boden ste'hn

Du gehst gebückt, fühlst dich schnell abgelehnt
Angenommen, lieb sein hast du stets erseh'n
Ich mag dich, wenn du gerade gehst
Und beim Tanz mir aufrecht gegenüberstehst
Gleichwertig möchte ich mit dir die Wege gehen
Und mit dir auf gleichem Boden steh'n

Erfolgreich andere in den Dienst gestellt
Arbeit verteilen, Bequemlichkeit ist deine Welt

Verantwortung kannst du nur schlecht annehmen
Lass mich beim Tanz an dich anlehnen
Die Last geteilt, wird es viel leichter gehen
Und mit dir auf gleichem Boden steh'n

Mit Freude durch das Leben tanzen
Auf allen Wegen Blumen pflanzen
Gute Gedanken, lächeln und Ermutigung
Bekommt dein Tanz den rechten Schwung
Hast du's geschafft, komm lass uns weiter gehen
Wie gut, dass wir auf gleichem Boden steh'n

Das Märchen vom kleinen Stotterer Philipp

Vor vielen Jahren wurde ein kleiner Junge geboren. Seine Eltern Josephine und Franz waren sehr erfreut und nannten ihn Philipp. Es war die Zeit nach einer zurückliegenden feindlichen und kriegerischen Auseinandersetzung, das Kriegsbeil war endlich begraben. Nun konnten die Menschen in Frieden und miteinander die zum Teil schwierigen Lebensbedingungen wieder aktiv aufnehmen und neu gestalten.

Philipp erfreute sich seines Lebens, fühlte sich in seinen Windeln wohl, meldete sich lautstark, wenn der Hunger kam, genoss es, seine kleinen Arme und Füße zu bewegen und mit großen Augen die kleine Welt und seine Mama zu bestaunen, die ihn reichlich mit guter Nahrung und Pflege versorgte. So konnte Philipp in geschützter Umgebung heranwachsen und die ersten Eindrücke von dieser Welt, in die er geboren war, erkennen und täglich neue Erfahrungen sammeln. Es begann für sein Dasein nun auch eine Herausforderung, einen Platz für sein Leben zu suchen und auch zu finden.

So geschah es dann, dass sich der kleine Philipp damit zufriedengeben musste, für lange Zeit alleine und unbeachtet mit Kissen umrandet in der Ecke einer Bank zu verweilen. Eines Tages erschien eine ältere, schon in die Jahre gekommene Frau, die nun fortan in der Nähe von Philipp saß und ein dickes Buch in der Hand hielt. Anscheinend hatte sie die Aufgabe, für die Sicherheit des kleinen, noch unbeholfenen Philipp zu sorgen. Auch das Bewegen der kleinen Hände und Füßchen von Philipp sowie mit einem gelegentlichen Lächeln konnte Philipp es nicht erreichen, die nahezu ohne Bewegung sitzende Feh aus ihrer ruhenden Haltung zu bewegen.

So vergingen viele ungezählte Tage, in denen Philipp zwar gut versorgt, jedoch ohne viel menschliche Nähe und Ansprache größer und stärker wurde. Philipp war nun so groß, in die Gemeinschaft aufgenommen zu werden. Er verspürte, dass in diesem starren und unbeweglichen Umfeld keine Veränderung zu erkennen und zu erwarten war, sodass sein Wunsch entstand, lebendiges Dasein zu erfahren. Er sehnte sich nach Nähe, ein freundliches Lächeln, in Armen gehalten zu werden, beachtet zu werden, um auch gelegentlich der Mittelpunkt unter Mama und Papa oder Tante und Onkel zu sein. Er hatte ja auch erkannt, mit seiner weinenden Stimme Mama oder Papa und auch andere Menschen um ihn herum in Bewegung zu bringen.

Philipp hörte Worte, die sehr unterschiedlich klangen und schließlich dazu führten, dass er sein angestammtes Weinen in anfängliche gleichlautende Töne verwandelte.

Es war nun die Zeit gekommen, da Philipp voller Freude damit beschäftigt war, wenn auch nur zunächst auf Händen und Füßen, die Küche zu erkunden und dann durch die im Wege stehenden Hindernissen kleinere schmerzliche Erfahrungen machte.

So wurde Philipp größer und stärker, konnte laufen und in seiner Umwelt vieles sehen und hören. Seine Erfahrungen wurden bereichert und wertvoll und für die kommenden Tage entdeckte und eroberte er seine kleine Welt. Mama und Papa gingen an ihm stets ohne Worte oder Beachtung in Eile vorbei und waren auch oft längere Zeit nicht zu sehen.

Philipp kam ein überraschender Gedanke: „Sollte mein beginnendes Leben nun ohne Zuneigung, ohne freundliches Lächeln, ohne freundliche Worte, ohne meine Mama und Papa neben mir sitzend, aber gut versorgt und bewacht so vorgesehen sein?"

Nun geschah es, dass Philipp während seines Schlafs in einem längeren und bewegenden Traum einer hell erleuchtete und mit Glanz umgebende Gestalt begegnete um die sich viele kleine pulsierende Herzchen bewegten. Mit jedem Pulsschlag eines dieser Herzchen ertönten die liebevollen Worte: „Beachtet sein, Nähe zu spüren, ich mag dich, du bist wertvoll, du gehörst zu uns, ich spüre deine Arme, ich höre dein Lachen, du bist einzigartig, ich spüre deine Zuneigung, möchte bei dir sein und kann dich gut verstehen." Alle Herzchen waren nun bestrebt, in Philipps Herzen einen Platz zu finden.

Diese Worte, die für Philipp überraschend und neu waren, die er noch niemals erfahren und gehört hatte und darauf nach Antworten suchte, stockten nun seinen Atem. In seinen Gedanken suchte er Worte, die dann sehr schnell, unerwartet und holperig im Ansatz hängen blieben und letztendlich nur sehr unverständlich waren. Philipp entschied sich, seine wundersame Erfahrung für sich aufzunehmen. War es doch ein langersehntes Bedürfnis, sich in seiner Familie und den Menschen, denen er in seinem Umfeld begegnete, zugehörig, beachtet und angenommen zu fühlen.

In der folgenden Zeit erfreute es Philipp, wenn er, zwar sehr holprig, aber zu sprechen begann, von anderen beachtet, erstaunt angeschaut wurde und gelegentlich auch im gewünschten Mittelpunkt stand.

So geschah es, wenn Philipp zu sprechen begann, dass er oft die Worte hörte: „Sprich doch langsam, bleibe ruhig und lasse deinen Atem fließen."

Philipp war nun ein großer Junge geworden. Es begann die Zeit für Philipp, sich in die Gemeinschaft einzufügen, um ein gutes Mitglied dieser großen Gemeinschaft zu werden. Oft hörte er das Wort *Stotterer* als einen Ausdruck der Ablehnung und Minderwertigkeit, was letztendlich Wut und Verletzungen bei Philipp bewirkte.

In der nun folgenden Zeit wurde Philipp traurig, seine großen Wünsche gingen nicht Erfüllung und er konnte seinen Platz in der Gemeinschaft nicht mehr behaupten. Die Zeit aus der Kindheit, wo Philipp umrandet von Kissen in der Ecke der Bank saß und keine Beachtung fand, schient zurückgekommen zu sein. Es wurde Philipp unmöglich, seine wunderbare Erfahrung aus seinem Traum rückgängig zu machen. Nun ergab sich die Frage, was mit Philipp geschehen war? Seine Gedanken durchströmten Blitz und Donner, bis nach ausgiebigen Regen mit leuchteten Strahlen die Sonne erschien und Philipp auf einen erkenntnisreichen Weg führte.

Philipp hatte vergessen, die kleinen pulsierenden Herzchen, die in seinem Traum mit vielen schönen und guten Worten erschienen waren, in sein Herz einzulassen, um ihnen dort einen festen Platz zu geben. Philipp war nun bereit, den Herzchen ihren Weg frei zu geben. Diese beherzten Worte werden nun Philipp für sein weiteres und restliches Leben als treue Helfer dienlich sein.

Der Rentner

Ein Rentner hat es heut nicht leicht
Weil einfach ihm die Zeit nicht reicht
So viel hat er sich vorgenommen
Zu nichts ist er bisher gekommen

Beim Einkauf heißt's sich nicht verspäten
Denn Unkraut muss er auch noch jäten
Im Haushalt hat er schon Routine
Und ist die reinste Spülmaschine

Mit Mutti muss er dann zum Schwimmen
Auch wandern und den Berg erklimmen
Zum Jahrgangstreff geht's dann per Bus
Vati will nicht, doch er muss

Das alles kostet ihm viel Kraft
genießt die Zeit, da ihr noch schafft
und denkt nie mehr in stiller Wut
ja so ein Rentner der hat's gut

Der kleine Frosch und der Bär

Es war einmal ein kleiner Frosch, der sehr traurig am Ufer eines reißenden und rauschenden Baches saß. Viele Tage war er nun schon unterwegs und konnte seinen viel geliebten Quaksee mit all seinen Freunden und Bekannten nicht mehr finden. Auf der Suche nach seinem Zuhause traf er viele Tiere, um von ihnen den richtigen Weg dorthin zu erfragen. Von allen, die der kleine Frosch bequakte, kamen sehr unterschiedliche Antworten wie sum sum, wau wau, schilp schilp oder auch muh muh. Antworten, die er nicht verstehen konnte.

„Ach, würden wir doch eine einheitliche Sprache sprechen, damit ich die anderen verstehen kann", dachte sich der kleine Frosch und war weiterhin sehr traurig und entmutigt, seinen heimatlichen Quaksee mit seinen Freunden und Bekannten jemals wiederzufinden.

Plötzlich kam ein großer brauner Bär stampfend durch den rauschenden Bach auf den kleinen Frosch zu. Er hatte einen Fisch in seinen Pratzen, den er soeben für seine Mahlzeit gefangen hatte. Schon wollte der kleine Frosch mit letzter Kraft auf die Seite hüpfen, um nicht zertreten zu werden, da blieb der Bär stehen.

„Meine letzte Chance möchte ich nutzen", dachte sich der kleine Frosch. „Der Bär ist groß, kann das weite Land überschauen und vielleicht meinen Quaksee entdecken." Aus voller Brust quakte der kleine Frosch los. Es bedurfte vieler Quak-Rufe, bis der große Bär das Fröschlein erblickte und den Hilferuf hören und verstehen konnte.

„Hmm hmm", hörte der Frosch den Bären brummen, der sich nun bückte, seinen noch zappeligen Fisch in den Bach zurückspringen ließ und seine große Pratze dem kleinen Frosch entgegenstreckte. Beim kleinen Frosch war Vertrauen entstanden und so entschied er sich, dieses Angebot anzunehmen.

Noch einmal quak quak und ein folgendes Hmm Hmm und die Reise konnte losgehen. Mit großen Schritten lief der Bär los.

Wie dieser Bär große Hindernisse überwand, beeindruckte den kleinen Frosch sehr. Noch nie hatte er so nackig, wie ein Frosch nun mal ist, in so einem weichen und warmen Pelz gesessen und war, geschützt vor den Störchen, die ihn am liebsten fressen wollen, über das Land gewandert.

„Oh, wie ist das schön, von diesen liebevollen Bär getragen zu werden", dachte sich das Fröschlein, kuschelte sich an das Bärenfell und konnte auch schon wieder von guten saftigen Fliegen träumen. Als der kleine Frosch nun so vor sich hin träumte, verspürte er plötzlich weiches Gras um sich herum und sah seinen geliebten Quaksee vor sich in der Abendsonne schimmern.

„Ich bin wieder zu Hause quak quak quak."

„Hmm hmm", kam zugleich die Antwort.

Wie im Chor begann plötzlich aus dem Quaksee ein wunderschönes Froschkonzert. Der Bär richtete seinen Blick erfreut auf den See und sah viele große und leuchtende Froschaugen, die wie Sterne glitzerten.

Dieses herzliche Dankeschön von so einer großen Froschgemeinschaft hatte der Bär nicht erwartet. Viele freundliche Blicke ermutigten ihn, zum wohlklingenden Froschkonzert seinen bekannten Bärentanz aufzuführen.

Immer an den Sommertagen, wenn der Tag zu Ende geht, erklingt an vielen Seen das Froschkonzert, das Freude mitteilt und eine gute Tat verkündet.

Hallo, Freunde, es sind nicht nur die vielen und schönen Worte, die uns einander näher bringen. Auch ein großer starker Bär kann einem kleinen Frosch Geborgenheit geben und durch eine gute Tat ein Konzert der Freude auslösen.

Die Sonne Maria und der Mond Eduard

Es ergab sich, dass nach vielen Millionen Jahren die Sonne Maria und der Mond Eduard sich eine freundschaftliche Begegnung wünschten. Eine Begegnung mit dem geplanten Ziel, die schon mit vielfältigem Leben erfüllte Erde für die kommenden Millionen Jahre weiterhin gut zu betreuen und zu gestalten. Ein Treffen war nur möglich, solange die tiefschwarzen Wolken, die sich über die ganze Welt verbreitet hatten und in der Dunkelheit viel Regen auf die Erde fallen ließen, noch vorhanden waren. Sonne und Mond wollten ihr Licht nicht auf die Erde durchscheinen lassen und ihr Treffen geheim halten – wie seit Millionen von Jahren.

Die Sonne Maria war für diese Begegnung gut vorbereitet, wie immer. Ihre hellen Sonnenstrahlen konnten den Mond Eduard erreichen, sodass er erfreut war, bald wieder ihre ganze Helligkeit und Wärme zu verspüren. Mit viel Neugierde betrachtete die Sonne die mit Eis und Schnee ganz weiß bedeckten Stellen des Mondes, die ihr luftige Kälte entgegenpusteten.

Ihre freundschaftliche Begegnung hatte das vorrangige Ziel, die besondere Fähigkeit, die der Mond und die Sonne in den vielen Jahren der Zusammenarbeit für die Erde entwickelt hatten, zu überprüfen und zu optimieren, um die dort lebenden Menschen und Tiere sowie die wunderschöne Natur zu erhalten.

„Es ist das Licht an den hellen Tagen, das für die Menschen wichtig ist, ihr Leben zu gestalten“, dachte die Sonne. „Es sind meine warmen Strahlen, die viele Menschen auf Wiesen und an den Stränden oder im Wasser der großen und kleinen Gewässer genießen. Meine Wärme, die ich aus der weiten Ferne schicke, erwärmen die Erde, damit Pflanzen, Bäume und Sträucher sprießen, ihre wunderschönen Farben zeigen und Früchte bilden können. Meine Kraft kann Energie für viele Nützlichkeiten in der Natur erzeugen, die lückenlos für das Leben von Menschen und Tieren benötigt werden. Tag und Nacht bin ich bereit, den Menschen dienlich zu sein und schließlich die Erde am Leben zu erhalten. Dir, lieber Mond Eduard, gebe ich gerne meine Energie für dein Licht in der Nacht, damit du dich den Menschen zeigen kannst zur Freude und für viele romantische Stunden, wenn die Tagesunruhe beendet ist. Auf manchen Flecken der Erde erzeuge ich besondere Hitze. Die Menschen haben schon gelernt, sie einzufangen, und ich lebe in der Erwartung, dass sie diese Energie baldigst noch besser für sich nutzen können. Lieber Mond Eduard, es gibt noch vieles, dass ich dir in unserer Begegnung berichten könnte. Für die nächsten Millionen Jahre werde ich mich auf deine Freundschaft einstellen, um mir danach erneut eine Begegnung mit dir zu wünschen. An deinem Wirken und Dasein möchte ich gerne weiterhin beteiligt sein und auch gerne von dir hören, wie deine Gedanken sind."

„Liebe Sonne Maria, die Stunden, in denen ich mit Freude der Erde deine Strahlen weiterleite, besonders in der Nacht, sind mir die liebsten. Leider kann ich im Rücken der Erde deine Energie nicht voll und ganz nutzen und deshalb oft mein Licht nur in kleinen Teilen bzw. Formen der Erde zeigen. Es gibt aber auch einige Nächte, in denen ich meine volle Kraft, die du mir verleihst, den Menschen zeigen kann. Dann begrüßen sie meine ganze Größe und singen ihre Lieder. Auch viele Tiere nutzen mit meiner Hilfe nachts unsere Helligkeit. Sie sind im Mondlicht wach, um für ihr Leben zu sorgen. Meine Nähe zu der Erde hat schon bewirkt, dass ich von den Menschen mit großen Geräten Besuche erhalten habe. Ich bin in der Hoffnung, dass sie mich bald öfters besuchen werden. In meinen langen Nächten begleiten mich viele Lichtlein aus der Ferne, die sich Sterne nennen und die auch ihre Lichtenergie für viele romantische Blicke auf die Erde werfen und für Freude unter den Menschen sorgen. Regelmäßig treffen mich auf meinem täglichen Weg rund um die Erde die Lichtergrüße der Menschen, die nur durch deine verwandelte Energie gebildet werden konnten. Ich werde mit deiner Hilfe auch in den für uns kommenden Millionen Jahren weiterhin meine Bahnen ziehen und dein Licht weitergeben. Meine Existenz und meine Freude bist du und wirst es auch für die weiteren Millionen Jahre bleiben. Ich werde mich freuen, dann wieder in einer Begegnung von dir zu hören und erfahren, wie es dir ergangen ist.“

Sonne und Mond sind und bleiben die Freunde unserer Erde, die wir Menschen benötigen und stets pflegen müssen.

Der Frosch und der Bär

Einst ging ein Bär nach Züntersbach
Und kam vorbei an einem Bach
Er zog sich da ein Fischlein raus
Und wollte rasch zu seinem Haus
Am gleichen Ort zur gleichen Zeit
Eine Froschfrau sich des Lebens freut
Ermutigt und sehr fröhlich sitzt sie da
Der Bär der Froschfrau schöne Augen sah
Er ist verschreckt und fällt gar um
Die Froschfrau lacht, wie ist der dumm
Sie denkt, wie kann ein Bär mir so gefallen
Da er so riesig und mit großen Krallen
Ich möchte keinen Bär zur Freundschaft haben
Das müsste ich ihm gleich auch sagen
Die Froschfrau ja so schön, so klein und fein
Gern möcht der Bär ihr Liebster sein
Der Fröschin Augen werden groß
Was ist denn mit dem Bär bloß los
Die Froschfrau lacht und hat erkannt
Der Bär der möchte gerne ihre Hand
Ein Frosch – ein Bär, wie soll das gehen
Krach ... bumm ein Wunder ist gescheh'n
Es braucht zum Erzählen viele Stunden
Wie schließlich beide sich gefunden
Oh wie lieben beide sich nun sehr
Die süße Froschfrau und der braune Bär
Die Moral von der Geschicht'
Eine Fröschin und ein Bär
Was Schön'res gibt es nicht

Der Rabe und der Spatz

Es war geschehen, dass der Rabe Eduard nach vielen Jahren sein Leben auf dieser Erde beendete und in den Himmel zu seiner zugehörigen Seelengemeinschaft aufstieg. Nun an dem großen Himmelstor angekommen, stand er vor dem Pförtner und dem König der Vogelgemeinschaft Willibald, um seinen Einlass für das weitere Seelenleben zu erhalten. Die langen gelebten Jahre, die Rabe Eduard auf der Erde vollbracht hatte, der nun sehr unzufrieden am Himmelstor stand, bewegten ihn, den Vogelkönig Eduard seine aufkommenden Gedanken und Wünsche mitzuteilen.

Er begann mit den Worten: „Lieber Vogelkönig Willibald, viele Jahre war ich nun auf der Erde und konnte mich nur durch mein Gekrächze und Gequake kra kra kra mit meinen Freunden und Kollegen verständigen. Diese Unterhaltungen waren sehr eintönig, auch sehr unverständlich und letztendlich nur dazu da, das Nötigste für den Alltag zu besprechen und zu erreichen. Viele Stunden, Tage und schließlich auch Jahre in Einsamkeit auf der Erde bestimmten mein Leben. Nun wünsche ich mir für eine geraume Zeit, als Nachtigall auf die Erde zurückzukehren und meine Kolleginnen und Kollegen mit diesem schönen und wunderbaren Gesang der Nachtigall und schließlich mich selbst zu erfreuen."

Der Vogelkönig an der Himmelspforte war erstaunt und angetan, derartigen Wunsch von Eduard zu hören. So geschah es, dass der Vogelkönig den Wunsch von Eduard erfüllte und Eduard mit Gesang und einem schwungvollen Flug auf die Erde zurückfliegen konnte. Auf einem Gartenzaun konnte nun Eduard als Wunschgestalt der Nachtigall landen und sich von seinem langen Flug erholen.

Der Spatz Franziskus, der nun angeflogen kam und sich neben

Eduard auf dem Zaun niederließ, schaute zu Eduard mit den Worten: „Hallo, ich erkenne dich. Du bist doch der Rabe Eduard, der in dem Gebäude neben der Schule wohnte.“

Erschrocken und mit lauter Stimme antwortete Eduard: „Erkennst du mich nicht, ich bin doch die Nachtigall Frieda, die gerne schöne Lieder singt, um andere zu erfreuen.“

Der Spatz Franziskus antwortete: „Singe mir doch einmal ein kleines Liedchen vor.“

Nun war das Gekrächze und Gequake kra kra kra zu hören, sodass der Spatz Franziskus lächelte und die Nachtigall in der Gestalt von Rabe Eduard in trauriger Weise davonflog, um nie mehr gesehen und gehört zu werden.

Es erlaubt den Gedanken zu erhalten: Bleibe, was du bist und was du warst.

Wunder der Anregung

Es ergab sich, dass die beiden Eheleute Hans und Frieda im täglichen Miteinander für ihre Lebensaufgaben wenig Gemeinsamkeiten entwickeln konnten. Ihre Partnerschaft war geprägt von viel Arbeit im Haus und Garten, zudem in den schwierigen beruflichen Tätigkeiten, sodass beide letztendlich wenig an Zuneigung einander geben konnten. In Vergessenheit gerieten die Liebe und die Erfüllung der Herzlichkeiten. Die Gedanken von Sachlichkeit und die Erfüllung der täglichen Pflichten bestimmten den täglichen Lebensablauf bei Frieda und Hans. Leider konnten beide keine hilfreichen Gedanken finden, die ihnen ein erwünschtes harmonisches Miteinander gaben.

Eines Abends, als beide stillschweigend in ihrem Wohnzimmer vor dem Fernsehgerät saßen, erschien plötzlich und unerwartet auf dem Bildschirm der König der Zwerge, der sich *Zuneigung* nannte. Hans und Frieda waren erschrocken. Nach einer kurzen Weile waren sie schließlich bereit, das Erfahrene anzunehmen. So geschah es, dass bald für Frieda und Hans hoffnungsvolle Anregungen für ihre Partnerschaft zu erkennen waren:

An den folgenden Tagen sahen die beiden Erscheinungen an der gegenüberliegenden Hauswand, auf dem Handy, in der Tageszeitung, auf dem Bild im Wohnraum, in dem geöffneten Buch im nächtlichen Traum und an vielen weiteren Stellen. Es waren Hinweise, Anregungen und ermutigende Erkenntnisse, die behilflich waren, erstrebenswerte Qualitäten im Miteinander zu erreichen. Interesse für sich selbst und für andere, Geduld, eine freundliche Stimme, das Gute erkennen, der freundliche Blick und Selbstermutigung fördern für das positive Selbstkonzept, um Frieden mit sich selbst zu erreichen.

Die wundervollen und vielen Erscheinungen kamen wie Edelsteine für Frieda und Hans, die nun den Weg einer Selbstentwicklung beginnen konnten, um eine positive und liebevolle Lebenssituation für ihren weiteren Lebensweg zu erreichen.

Für viele Menschen könnten diese Erscheinungen hilfreich sein, um ihren Lebensweg mit Freude und liebevollen Gedanken zu gehen.

Der Autor

Dieter Troll: geboren am 7.11.1943 in Birkenfeld bei Marktheidenfeld. Ab dem fünften Lebensjahr begann das Stottern. 1957 bis 1960 dreijährige Ausbildung in Schweinfurt im Handwerksbetrieb als Bauschlosser. Ab 1974 Besuch der Technikerschule in Schweinfurt mit Abschluss als Techniker für Maschinenbau. 26 Jahre Beschäftigung im Industrieunternehmen als Arbeitsvorbereiter und in der Zeitstudie. Ab 2003 Rentner. Lebt heute mit Lebensgefährtin in Schonungen.

Unser Buchtipp

Dieter Troll
Stottern
Lebensweg – Erfahrungen – Selbsterkenntnis

ISBN: 978-3-96074-452-8

Ich habe mein kleines Buch in erster Linie für mich selbst geschrieben, um die Ursache meines Stotterns zu entdecken und mir ihrer stets bewusst zu sein. Die Kenntnis der Ursache bewirkt ermutigende Gedanken und beflügelt den Willen mein Ziel, fließend zu sprechen, sodass sich mit Gelassenheit und auch Freude das Stottern ausschaltet und vergessen lässt.
Durch das Wissen der Grundsätze der Individualpsychologie eröffnet sich der Weg der Selbstermutigung, um sich selbst besser zu erkennen und andere besser zu verstehen. Durch Ermutigung entsteht Zufriedenheit, Selbstvertrauen und Gelassenheit, das Leben für sich selbst in unserer Gemeinschaft in Liebe zu gestalten.

Unser Buchtipp

Heide Köpfer / Erika Becker
Familienrat nach Dreikurs
Ein Gewinn für alle

ISBN: 978-3-99051-007-0

Eine Familie ist dann ein Team, wenn jeder dem anderen zuhört, jeder seine Meinung sagen kann und jeder ernst und wichtig genommen wird. Wie das gelingen kann? Mit dem Familienrat nach Dreikurs. Hier kommen alle regelmäßig zusammen, bestimmen gemeinsam die Regeln für ein friedliches Miteinander und erleben sich als gleichwertig. Hier haben kleine und große Menschen eine Stimme und werden gehört und gesehen. Sie denken das ist utopisch? Nein, es ist ganz einfach! Es braucht nur ein wenig Mut, und genau dazu hilft Ihnen dieses Buch. Probieren Sie's aus!

www.ingramcontent.com/pod-product-compliance
Lightning Source LLC
LaVergne TN
LVHW042235190726
843491LV00003BA/1079
* 9 7 8 3 9 8 6 2 7 0 1 4 8 *